KB155312

이별할 때 손을 흔드는 이유

모악시인선 027

이별할 때 손을 흔드는 이유

김중호

모악

시인의 말

모든 외로운 분들에게
제 시편들을
바칩니다.

이 시집의 해설을
흔쾌히 써주신 이진엽 선생님
그리고 조기현 선배와 천병석 형,
모두 감사드립니다.

산은
늘 먼산입니다.

2022년 6월
김중호

차례

2부 아주 흔한 일

3부 고개를 떨구다

4부 균형을 잡다

1부
다음 새가
오기 때문이지

빈 화분

죽어가는 나무가
무얼 남기는 건
나름 좋은 일이겠지
그가 살던 집
그가 한때 놀던 집
그대로 다 두고 가면
정말 좋은 일이지
전부를 두고 가니
그 마음 무슨 미련 있을까
거기 화분 하나
그 자리 그대로 있을 뿐
누가 와도 좋고
누가 와서 주인이 되어도 좋고
오직
그리워할 일만 남겨 두었으니
그 또한 좋은 일
빈 화분은 그래서
좋은 일만 앞으로 남았지
누가 와도 좋은 세상일 테지
사랑은 그래서
텅 빈 자리라고 그랬나

다음 새가 오기 때문이지

새들이
무얼 먹다
다
먹지 않고
무리 지어 날아가지

다음 새가
오기 때문이지

새들이
개울가
목을 축이다
곧
무리지어
그 자리를 파하지

다음 새가
오기 때문이지

새들은
밤새

울다
새벽잠을 청하지

다음 새가
지저귀기
때문이지

머무름은
늘
잠깐이어야 함을 아는 것이지

다음 새가
오고 있기 때문이지

가시

죽은 나무에게도 가시가 남는다
뾰족함 그대로이다
언제나 성냄 그대로이다
죽어서 제대로 남는 것은 무엇일까
가시일까
사랑일까
모두가 제 몫이다
가시를 품으면 가시가 남고
사랑을 품으면 사랑이 남는다
누가 와서 이래라저래라 하지 않았다
다 제 몫이다
가시로 남는 자는
죽어서도 가시로 찌르고
죽어서도 아파한다
아무도 그 답을 주지 않았다
평생을 아파하다 가시로 다시 남는다
저기 참새 한 마리
가시에 앉았다 간다
혹여 그가 다쳤을까
죽어서도 왠지 두렵다

삼월(三月)

작년에 그렇게 살았던
창포가
겨우내 살더니
봄이 오니
그 옆으로 어린 창포
연하게 올라오더라
겨울 내내 살았던 창포는
그때서야
그 역할 다했는지
말라가더라
아
그는 한 어린 생명 살리기 위해
이 겨울 내내 살았더라
삶과 죽음이
자리를 바꾸는 순간
삼월이 있는 이유를
알겠더라

사자의 서(書)

사자는 다치면
더 가지 않는다
무리와 함께 왔지만
더 가지 않는다
무리도 아쉬운지 잠시 기다려주지만
곧 제 갈 길을 간다
사자는 조용히 그 무리를 지켜볼 뿐
사자는 그 때부터 풀을 먹는다
그 동안 그렇게 먹고 싶었던
풀을 먹는다
한 생명을 취할 때
그는 밤새 울었다
그리고 한 시절 마감하는 순간
초식의 삶으로 돌아왔다
그가 바라던 세상으로 왔다
무리는 멀리 사라지고
사자 또한 사라지면
거기에 새 풀이 났다
풀로 와서는
결국 풀로 돌아갔다

거미

거미줄에 무언가 걸려들었다
작은 진동이 있었다
그러나 거미는
바로 다가서지 않는다
거미는 기다린다
그가 차분해질 때까지
그가 지금 이 순간을 이해할 때까지
그 또한 모를 리 없으리라
이 거미줄 속을 빠져나갈 수 없다는 것을
이게 마지막이라는 걸
퍼덕거림은 점차 작은 떨림으로 남고
거미는 다가서기 전
마지막 위로의 말을 전한다
설워 말라
우리 모두는 한때 거미였지 않느냐
이젠 진동마저 없다
거미는 그때 움직이기 시작한다
슬퍼 말라
우리 모두는
거미로 와서 결국 먹이로 간다
깊이 이해 바란다

발톱

발톱을 보면
참
못났다

맨날
신발에 가려지고
양말에 끼이니

어디
제 모습
둘 데 있을까

거기다
매양 음지에 사니
모양 때때로 흉측하다

손톱은
매일 가꾸고
다듬으면서

참

발톱에게는
무심하다

무심하니
제 멋대로
산다

발톱은
거기서
생각을 멈추었다

예쁘고 멋스럽고
그러기보다는
못 생긴 그대로 살기로 작정하였다

발톱이
누구를
상처 입힌다는 소리 못 들었다

한 몸
한 육신에서 나온 가지이건만

이런 자리도 있다

주어진 그대로
성내지 않고
사는 것이다

아무도
이젠
발톱의 무질서를 흉내 낼 수 없다

발톱은
오랜 시간 동안
무질서를 질서로 만들어 갔기 때문이다

보름

꽃시장에 갔다 누가 흘린 꽃을 보았네
수많은 사람들이 꽃을 품고 가지만
자기 꽃만 볼 뿐
이 바닥에 떨어진 꽃을 본 이 몇일까
이미 밟히기도 몇 번 상당히 훼손되었지만
나를 보고 반가웠는지 방긋 웃어주네
내 얼른 더 상하기 전에
그를 가슴에 품고 꽃시장을 나오네
예쁜 꽃 고운 꽃
비록 많다 하지만
이리 다친 꽃도 있다네
비록 살지 못 살지 모르지만
나에게로 왔으니 정성껏 가꾸어 볼밖에
사람들아
앞만 보지 말고 옆도 살피거라
다친 꽃도 한때는 곱고 예쁜 꽃이었다
다쳐도 고운 것이다
오늘 밤 그를 다독이며
비록 한시름 더한다 하여도
그 시름 나누면
깊은 상처 덧나지는 않으리

비료

나는 비료를 주지 않는다
비료는 너무 독하다
아무리 좋아도
그건 내 것이 아니기 때문이다
비료는 스스로 만들어가는 것이다
한 나무를 보면 수없이 죽고 산다
수없이 잎이 지고 수없이 잎이 난다
그 속이 비료이다
그 속마음이 비료이다
내가 만들지 못하면 어떤 것도 가짜이다
어리석은 사람은 비료에 의지한다
그것이 독이 되는 줄 모르고
우주는 스스로 죽고 스스로 생성한다
어디에도 의존하지 않는다
오직 스스로를 믿는다
거기에
괴로움이 있고
괴로움이 있는 만큼
살아야 하는 의미가 고스란히 있다
나는 어떤 비료도 믿지 않는다
오직

나 자신을 믿을 뿐이다

내 괴로움이란 비료만 믿을 뿐이다

삽목

생가지를 잘라
화분에 꽂는다

그 며칠 후 가 보면
사는 놈
못 사는 놈
드러난다
못 사는 놈은 고개를 숙였다

똑같은 조건 속이지만
삶과 죽음은 여실하다
삶과 죽음은 다른 인과가 아니다

그것은
무릇 인연이다

이번이 아니라면
죽음도 괜찮은 것
삶이 인연이라면 죽음도 큰 인연이다

누구를 탓할 거 없이 그냥 가는 것이다

죽으면 다음에 살 것이다

부질없이 애석타 할 이유 없다
어느 것 하나 붙잡을 게 없다

심은 만큼 죽고
죽은 만큼 살 것이다

그것이
균형이다

석부작

이미 죽은 생명을
돌에 붙여 봅니다
이미 죽었으니
붙이기도 편합니다
살은 것은 붙일 때
온 신경이 다 쓰이지만
그는 이미 죽었으니
아무려면 어떨까
잘 붙이든
잘 못 붙이든
죽은 이가 무슨 상관을 할까요
더욱 좋은 것은
살어라 살어라
그런 근심마저 이 자리에 없으니
편안할밖에
그런 그를 여기도 저기도
붙였다 떼어보기도 합니다
오
이건 다른 세상입니다
함부로 붙여도 볼품이 있습니다
어떤 죽음은 이처럼

어떤 자유를 줍니다
도무지 둘 곳 아닌 데 두어도
멋이 납니다
예쁩니다
싫고 좋음이 떠났다면
죽어서도 멋이 납니다

순두부

나는 순두부를 좋아한다
씹을 게 없기 때문이다
인생을 곱씹으며 따로 궁리하지 않아도
좋기 때문이다
씹는 재주보다
삼키는 재주가 편한 것이
마음에 들기 때문이다
순두부 또한 어떠한가
모든 두부 중 가장 씹을 게 없는 것이
말 그대로 순두부이다
조금은 뜨겁다 싶어도 꿀꺽 삼키면
그만인 걸
거기에 무슨 시비가 있을까
무슨 잘잘못이 있을까
그래서 나는 순두부를 좋아한다
도무지
씹을 생각도 없고
씹히지도 않는
그 매력이 마냥 좋은 것이다
나는 옳고 그름을 놓은 지 오래되었다

2부

아주 흔한 일

잃어버린 열쇠를 찾다

잃어버렸던 열쇠를 찾았네
그리 애를 써도 못 찾더니
방을 소제하다 그를 발견했네
갑자기 열쇠 하나가 늘었네
궁핍했던 한 개에서 개체 수 늘었네
그러나
이제 더욱 조심하시게
하나일 때는
그 하나에 집중하고 최선을 다하지만
둘이 되면 방심하기 마련
관심과 집중은 당연히 떨어지기 마련
방심하는 그 순간
열쇠 전부를 잃어버리게 될지 모르지
조심하시게
열쇠 구멍은 둘이 아닌
하나의 열쇠만 원할 뿐
그 나머지는 그대 자신에게 달린 것
두 개를 얻어
전부를 잃어버리는 우를 범하지 마시게
명심하시게나

이별은 조금씩 온다

바퀴는 닳는다
우리는 그걸 모른다
바퀴는
조금씩 조금씩 이별을 준비한다
우리는 그걸 모른다
가끔 의례적으로 바퀴를 살피지만
이별까지는 눈치채지 못한다
바퀴는 닳아간다
그것이 이별이며
이별의 준비임을 안다
이별을 아는 이 적다
어느 날 갑자기 찾아오는 이별을 아는 이 드물다
바퀴는 닳으며
조심스레 이별을 준비해 왔다
그렇지만 아무런 말도 하지 않았다
그것이 이별의 본성임을 알기에
갑자기 맞이하는 것이
이별의 순수한 뜻임을 잘 알기에
이별은 조금씩 온다
아주 더디게 온다
그리고 어느 날

바퀴는 드디어 이별을 고한다
너무도 오래 이별을 준비해 왔길래
서슴없이 주인 곁을 떠나간다

이별은 온다
조금씩 조금씩 온다
우리는 그걸 몰라도
이별은 안다
잊지 말라
우리가
만나는 순간
이별은 시작되고 있음을

그릇 명상

어머니
참
수많은 그릇을 갖고 계시다 가셨다
참, 종류별로 많았다
얼마나 많이
자신을 다양하게 쓰고 싶었기에
저리 많이 품고 계셨을까
어머니 그냥 가시고
그 그릇들 뿔뿔이 흩어지고
이제 나에겐 몇 그릇 아니 남았다
나에겐 그릇은 최소한이다
밥 그릇 몇 개
종지 그릇 또 몇 개
밥그릇과 국그릇을 구분 안한 지 오래되었다
어머니
그 많은 그릇을 준비해 두셨지만
정작 써 본 기억은 별로 없다
사람들은 순차적으로 어머니를 잊었고
그릇들만 찬장 속에 남았다
나는 그런 손님마저 두질 않으니
밥 그릇 몇 개가 전부가 되었다

나는 허상을 두지 않으련다
밥 그릇 하나면 족하다
괜시리 누구를 기다려볼까
욕심이다
그릇이 적으니
그 그릇 쓰임새도 많다
나는 헛된 기다림을 믿는 대신
주어진 그릇을 충분히 쓰고 가고 싶을 뿐이다

어물전을 지나며

여린 물고기만 와
있느냐
문어도 와
있다
어린 물고기만 와
있느냐
늙은 물고기도 와
있다
마음이 밝은 물고기만 와
있느냐
평생 외로운 물고기도 와
있다
늦게 온 물고기만 와
있느냐
금방 잡힌 물고기도 와
있다
결국
한 자리에 와 있다
마지막은 이처럼
단순한 것
마지막은 결국

다 만나는 것
아
마지막은
서로는
잘 몰라도
서로를
쳐다볼 뿐
멀뚱멀뚱
쳐다볼 뿐

유성펜과 뚜껑

뚜껑을 잃으면
그는 살기 어렵다
그의 죽음이 애석타 하기보다는
그의 꿈이 애석타
한 세상 왔으면
잘 쓰고 가야 하거늘
이리 가버린다면
누가 다시 그를 쓰겠는가
그대는 그대만일 수 없다
뚜껑 또한 그대만일 수 없다
그대를 사모하는 모든 이의 것이다
세상에 함부로 온 것은 없다
그대는 뚜껑과 함께 여기에 왔다
뚜껑을 열면
세상은 무한히 그려지고 써질 것이다
뚜껑은 그대만의 것일 수 없다
그대 역시 그대 혼자만일 수 없다
수많은 사람들이
그대를 통하여 세상을 그려갔고
또 그려간다
그대는 혼자가 아니다

아직 할 일이 조금 남았다
뚜껑이 그걸 증명해준다

이별할 때 손을 흔드는 이유

사람들은
만날 때
악수를 한다

두 손을
꽉 잡으며
뭔가를 붙잡으려 한다

서로에게서
뭔가를
얻으려 한다

그렇지만
정작
만나고 보면

붙잡을 것이
별로 없음을
안다

붙잡으려고 하면

더욱
멀어진다는 걸
알게 된다

사람들은
이별에 즈음하여
빈손으로
손을 마구 흔들어준다
한 깨달음이
왔기 때문이다

얻으려고
붙잡으려고 하면 할수록
도리어
빈손이 되어간다는 것을

그래서
사람들은
이별할 때
빈손을
마구

흔들어주는 것이다

집착은
결국
이렇게
빈손으로 가야만 하는 걸
비로소 아는 것이다

주름

주름을 걱정하랴
주름은 당연하다
입는 순간 주름이 생긴다
주름을 두려워하랴
생기는 것이 주름이라면
따로 무얼 근심하랴
한때 모친께서 일러주셨다
주름은 다리면 그만이라고
생기는 것이 당연하다면
펴는 일도 당연한 것이다
근심은 근심을 부를 뿐
어떤 주름도 사라지게 마련
주름으로 멸망하는 이 없다네
차라리 근심으로 화를 자초할 뿐
주름을 걱정하랴
다리면 그만인 것을

가위

가위는
날이 두 개이니
그 날이
무섭다

칼은
하나의 날이라
생명을
해칠 순 있어도
생명을
자를 순 없다

가위는
칼처럼 예리하고도
흉포하다

마음이 가위가 되면
싹둑
절단내지 않을 게 없다

가위가

더욱 무서운 것은

우리에게
그나마 남은 연마저
잘라버린다는 것이다

베인 상처는
회복 가능하나
잘린 자리는
어찌 회복할까

가위를 쓸 때
참으로
조심할지어다

생명은
아직
죽지 않았고
연의 심줄은
미약할지언정
아직 끊어지지 않았다

따라서
함부로 재단 말라
함부로
가위를 들이대지 말라

아직
우리에게는
인연의 끈이
남아 있다
그것이
좋은 인연이든
악연이든

우리는
서로를 이해할 시간이
아직 남아 있다

서로를
그리워할 시간이
말이다

초대

계란 하나 후라이 하려는데
후라이팬은 보이는데
뒤지개가 영 찾을 수 없네
후라이팬은 그래도 가끔 썼으니
내 옆에 있는데
뒤지개는 써본 기억 가물가물하니
도무지 찾을 길 없다네
허, 세상 이치가 이렇구나
자고로 안 불러주니 고독할밖에
안 써주니 떠나갈밖에
아마도 세상만사 이와 같으리라
누가 불러주지 않으면 고독한 법
누가 초대해주지 않으면 조용히 떠나버리는 것
그래,
모든 걸 한 번씩은 쓰도록 하자
사람도 기억도
한 번씩은 불러내 인사라도 하자
그들이 영 섭섭해
우리 곁을 완전히 떠나가 버리기 전에
가끔씩은
잊지 말고 초대하기로 하자

공간론

공간이 좁으니
방 하나에 겨울을 이기려 하니
모든 게 조심스럽다
화분은 화분대로
옷은 옷대로
나는 나대로
궁극의 조심함을 체험한다
조금만 흐트러지면
내가 화분을 쓰러뜨리고
가구를 넘어뜨리고
그 결과는
누구를 다치게 만든다
비록
누가 보지 않아도
누가 오지 않아도
나의 방은 협소한 만큼
정리 정돈을 게을리하지 않을 수 없다
내 옆에는 아무도 없다
그렇지만 내 옆에는
수많은 존재들이 서로 기대며 살고 있다
그 영역을 조금이라도 해친다면

전체가 무너지리라
내 방은 그래서
게으름이 없다
게으를 여지가 없다
나는 그것을
비록 조금은 불편하여도
내 인생이라 알고 있다

낡은 외투

참
이 외투 오래도 입는다
한 십 년은 입은 듯하다
참
묘하다
살 때는 건성으로 샀지만
이리 오래 입을 줄이야
무엇보다
가벼워서이리라
가볍다 보니
모양은 좀 엉성하여도
편하다
지금은 세월 덕택에
구멍 숭숭 뚫리고
그 구멍 사이로 깃털들이 자꾸 빠지는데
그럴수록
더욱 가벼워질 수밖에
이젠 내가 원하는 바대로 되었다
옷도 주인을 닮아가는 게 분명하다
어디 옷뿐이랴
한 인연 오래 가려면

누군가는 한량없이 그 인연 따라가야 하는 것을
그래서 이리 살아남았지 않았느냐
그가 못내 자랑스럽다
한 번도 자기를 내세운 적 없이
주인 따라 여기까지 온 삶이
비록 낡고 볼품은 없을망정
한 세월 순응의 법을 아니
어찌 그 깨달음 적다 하리요
낡은 외투는 점점 가벼워져 가리라
나도 그러리라
그리고 어느 날
깃털처럼 가벼이
서로를 놓으리라

신호등 앞에 서면

신호등 앞에 서면
우리는 순서를 안다
머무를 때와 가야할 때를 안다
그 누구도 바쁘다고 먼저 갈 수 없으며
또한 그 누구도 늦게 갈 수 없다
모두 저마다의 순서가 있고
그 순서를 따라 예외 없이 가는 것이다
거기에는 옳고 그름이 없고
아름답고 추함이 없고
오직 저마다의 순서를 따라 지나가는 것이다
알고 보면 우리에게 순서가 있다는 것은
그 얼마나 다행스런 일인가
가만히 있어도 자기 차례가 오고
그 차례에 따라 지나가면 그뿐
이 얼마나 행복한 일이기도 한가
아무리 늦어도 자기 순서가 있다는 것은
우리 모두는 자기 차례를 기다리는 사람
그리고
그 때가 오면 서슴없이 가는 사람
행과 불행은 본디 없다
때가 되면 그저 지나가고

때가 되면

그저 다른 신호등 앞에

다른 순서를 기다리고 있을 뿐

아주 흔한 일

공이 호수에 빠진다
갑자기 벌어진 일이었다
물에 빠진 공은
어김없이 물가를 떠나
물결 이는 대로 흘러간다
속절없이 흘러간다
놀란 주인은 발을 동동 구르며
안타까워하지만
그가 할 수 있는 일이라곤 없다
공은 그렇게 흘러
호수 저편으로 간다
마침 그곳을 지나던 사람 있어
괜찮네 그러며
그 공을 주워 간다
주인은 다 보았다
그러나 그가 할 수 있는 일이라곤
잃을 때도
잃음이 완전히 끝났을 때도 없다

공의 주인이 바뀌었다
너무도 갑작스레 벌어진 일이지만

알고 보면

흔히 일어나는 일이다

곧

호수는 평정을 되찾는다

공을 잃은 자

공을 얻은 자

지금

호수에는 아무도 없다

공의 주인이 바뀌었다

아주 흔한 일이다

3부
고개를 떨구다

꽃말

이름 붙이기
겁나네

그가
쓸쓸해질까 봐

그 이름 붙이기
겁나네

그가
외로워질까 봐

그 이름
부르기 겁나네

괜시리
그가 섭섭해 가버릴까 봐

기생과 공생

방 안에 식물과 함께 있다 보면
이 겨울
하루살이도 본다
새끼 거미도 보고
한때
파리도 보았다
이 겨울에 말이다
그렇다고
그들을 기생한다 말하지 말라
나에게서
저 식물들 안에서
한 시절
속이며 살고 있다 말하지 말라
그들은
함께 살고 있는 것이다
함께 정을 나누며 이 겨울 나고 있는 것이다
거미가 없는 꽃
날파리들이 날아다니지 않는 숲
이 방 안에서도
어김없이 우주가 펼쳐진다
그들은 공생 중이다

누구 속에서 기생하는 게 아니다
그들은 늘 서로를 본다
그대를 내가 볼 수 있어
나는 살아 있는 것이다
소멸마저 혼자의 일이 아니다
서로는 서로를
늘 지켜 본다
그래서 기생이 아닌 공생이다

고개를 떨구다

어린 생명이
그 목숨 다해 가면
그 징후가 여실하다

먼저
고개를 떨군다
마치 꺾인 가지처럼
푹
주저앉는다

모든 생명이 비슷하다
그 목숨 다해 가면
먼저
고개를 떨군다

그 빳빳하고 자신감에 찼던 지난날도
때가 이르면
먼저 고개를 떨구듯

물러갈 때와 떠나야 할 때를
보여주는 것이다

아무리 고개를 세워주어도
그는 다시
고개를 떨군다

사는 동안
고개 세우는 날들이 너무 많았다

이렇게 자연스레
고개 먼저 떨구고 마는 것을

그래
언제나
고개 떨구는 일을 연습하자

어느 날
정작 찾아 올
마지막을 연습해 두자

딸기

딸기밭의 딸기라
서슴없이 세력을 넓혔다네
이놈들 생명력 대단하여
지난겨울 죽은 듯 보여도
봄이 오니 다시 그 자리 꽃을 피우네
저 꽃 지면 그 자리에
빨알간 딸기 열면
누가 가져갈까
저 딸기들
자고로 내 가져 갈 것은 원래 없어
주인이 와서 다 가져가겠지
딸기밭의 딸기꽃이라
저 꽃이 지면
천지의 주인들이 날 찾아오겠지
고맙다는 인사 한 마디 없이 다 가져가겠지
허허
주인이 와서 가져가는 걸
무슨 다른 말이 필요할까
딸기꽃
참 예쁘다 예쁘다 그러는 사이
딸기는 주인 따라 다 가버리는 걸

우연과 필연

어떤 나무를 시켰는데
원하는 나무는 오지 않고 다른 나무 왔더라
이유인 즉슨 내가 뭘 잘못 눌렀더라
인연이란 묘한 것
원하는 것 오질 않았으니
바로 내칠 수도 있겠지만
그것이 바로 인연의 비밀인 걸
내가 원하는 것은
누군가에게 가서 인연이 되고
내 인연 아닌 것은 나를 찾아오고
그 비밀이 어찌 한 순간 실수일까
그는 아마도 오랜 역사를 품고 찾아 왔으리
우연을 빙자해
필연으로 왔으리
어쩌겠나
그 세월이 깊다면
맞이하고 소중히 할밖에

결코 마다하지 않으리
우연이 비록 깊다 하나
필연보다 더 깊을 수가 없는 것을

안과 밖

밖은
비 내리고
나무들은
비에 젖네

밖의 나무들은
안을 보고

안의 나무들은
조용히 빗소리를 듣네

안과
밖

밖의 나무들은
한없이 비를 맞고
안의 나무들은
한없이 빗소리를 듣네

젖는 자와 젖지 못하는 자

목마른 자와 목마름을 이긴 자

행복한 자와
지금 행복하지 못한 자

모두
빗소리에 취하네

어떤 사람은
비에

어떤 사람은
빗소리에

모두
경계를 놓았다네

안과 밖
경계를 잃었다네

사랑초

사랑초
겨울 내내 나와 함께 했다
저리 연약한 놈이 죽지 않고
잎을 내고 줄기를 늘이고 그랬다
그렇지만
잎도 줄기도 참 많이 죽었다
사랑해주지 않으니 죽었고
때가 되니 죽었고
참
무던히 죽었다
사랑은 떠나는 것이었다
감히 내 곁을 떠나가는 것이었다
내 사랑 적지는 않거늘
틈만 나면 시들어가고
그래도 잎과 줄기가 남았다
사랑초는 말한다
떠나가는 것이 사랑이라고
떠나면
또 다른 사랑이 올 수 있다고
그래서
사랑초라고

오늘도 어김없이 사랑은 간다
그렇지만
어김없이 또 한 싹이 난다
사랑은 가고 오는 것인가
왜 그가 사랑초라 불리는지
왜 그가
나무가 아니라 풀로 존재하는지 알 만하다

불행은 사소한 것이다

누가
내 차의 백미러를 치고 간다
나와 보니 유리 파편들이 널려 있다
몹시 근심하여 백미러를 살피는데
금 갈라진 사이로 사물이 그런대로 보인다
전부는 깨지지 않은 것이다
그래
불행은 온다
우리가 모르는 사이에 말이다
그러나 불행은
전부 오지 않는다
저 깨진 백미러가 조금은 사물을 식별할 수 있듯
전부 우리를 찾아오지 않는다
그런대로 수습하여 카센터로 가기로 한다
그래도 조금은 보였기에 여기까지 왔다
사장님이 도리어 놀란다
어떻게 이런 상황에서 올 수나 있었는지
그렇지만
나는 여기까지 왔다
불행은 온다
그러나

불행은 사소한 희망과 함께 온다
결국 이 불행도 백미러를 바꾸고 나면
멀쩡한 것이다
불행은 사소한 것이다
불행이 찾아들 적에
희망도 같이 온다
불행도 희망도
이미 평범해져 버린 것이다

산이끼

산에 들어가면 이끼도 많더라
이끼마다 종류도 많더라
물가에 사는 이끼
바위틈에 사는 이끼
고목에 사는 이끼
종류는 달라도
저마다 한 세상 이루며 살더라
세상에서 멀어진 여기서
누구를 넘겨다보지 않고
시기하지도 않고
애써 무얼 구하지도 않고
주어진 대로 살더라
나는 놀랐어라
이 숲속에서
이 개울가에서
갖가지 이끼들이
자기를 뽐내며 사는
그 당당함을
저 이끼들은 오랜 시간
무슨 깨달음 얻었을까
자기 자신으로 사는 것이

가장 예쁘다는 걸
나머지는 사소하다는 걸
알아버린 이유이겠지
다 모습 참 곱더라
모든 걸 녹인 세상이 거기 있더라

동백

저 동백은
느긋하다
겨울에 피는 꽃으로
알고 있지만
저 놈은
붉은 꽃망울만 보여줄 뿐
활짝 꽃 피는 시기를 모르겠다
그런 나의 초조함을 조롱이나 하듯
참으로
느긋하다
어쩌면 이번을 그냥 지나가기라도 할 듯
필 듯
아니 필 듯
제 마음 따라 한다
동백은 정녕 배운 것인가
이번이 혹여 아니라면
다음에 피면 되고
이번에 못 핀다면
다음을 기약할 뿐
우리의 조급함과는 다르게
느긋하고 여유롭다

지금 못 피면
다음에 피면 된다
그리고
동백은 충고한다
겨울이 와도
모든 동백이 다 꽃 피는 건 아니라고
그대가 꽃 피면
그 모습
조용히 감상하면 그만이라고
기다리다 기다리다
어느 날 피는 꽃이
동백이라고

나팔꽃

나팔꽃 피었다
우리 집 뜰에
드디어 피었다

그새 너
어디 갔었어

참, 먼길 돌아서 왔지
한참을 돌고 돌아서 왔지

누가 그랬어
나팔꽃은 꽃은 이쁜데
다른 풀을 칭칭 감아버린다고

그렇지만 어쩌겠어
머나먼 길 돌아서 왔으니
그 사랑 어떻겠어

온몸을 칭칭 감아버리지 않을 수 있겠어?
다시 혼자가 되려
하겠어?

쑥

이른 봄
쑥이 참 곱길래
화분에 옮겨 심어 보았다네
워낙 강건한 놈이라
걱정도 아니 했다네
그리고 며칠 후
쑥은 다 시들고 말았다네
그 강건한 놈이
이리 쉽게 갈 줄이야
그를 가두려 하니
그는 서슴없이 가버렸네
세상엔 이런 진실도 있다네
쑥이 누구인가
그렇지만
어딘가 갇히니
뒤돌아보지 않고 가버렸네
아무도
그대를 가둘 수 없다네
그대 자신 외에는

백제행(百濟行)

나는 백제를 모른다
신라를 모르는 만큼 백제를 모른다
그렇지만
백제의 마음은 안다
진 자의 마음은 안다
이긴 자는 더 무얼 원하지만
진 자는 거기서 멈춘다
진 자는 세상을 말하지 않는다
진 자는 세상을 노래한다
해질녘 노래하고
신새벽에도 노래한다
농주 한 잔에도 노래하고
울면서도 노래한다
거기서 알게 된다
이 세상 별로 할 일이 없다는 것을
노래 하나 부르고 나면
천 년 설움이 녹는다
따로
무엇을 더 구하랴
백제는 그걸 배웠다
이긴 자는 이긴 자에게 맡기고

진 자는 진 자의 몫이 소중할 뿐
노래는 노래로 마감할 뿐
알고 보면
우리 모두는 백제이다
노래 하나 부르다 슬그머니 가는 사람들이다
노래는 노래로 이어질 뿐
승과 패는 없다
노래하는 자여
그대는 백제이다
홀로 부르다
홀로 돌아오는 길이다
억겁 동안
억겁의 노래가 왔다 가도
뉘 부르던 노래 하나
흥얼흥얼거리게 한다
백제는 우리 자신이다
결국
백제로 오게 될 것이다

4부
균형을 잡다

꿩 농장에 꿩은 없다

꿩 농장에
꿩은 없다
당신만이 유일하다
우리를 벗어나
몇 마리 꿩은 놀고 있지만
옛날의 서늘한 추억일 뿐
예전의 손님이 찾아오면
당신은 어느 순간
꿩 대신 당신을 요리한다
그럴수록
손님들은 더욱 그 맛이 좋다며 찾아들고
당신의 육신은 점점 핏기를 잃어간다
당신은 결국 없어진다
꿩 농장에 어느 날 당신은 없다
당신이 사라진 후 손님도 없다
몇 마리 꿩이 한적히 왔다갔다할 뿐
당신은 없다
당신은 최선을 다했다
그러나 멸망을 막을 길 없었다
며칠 후
꿩 농장엔 어디로 갔는지 꿩조차 없다

균형을 잡다

어느 신새벽
저기 소 한 마리를 싣고 가는 1톤 차를 보면
여간 불안한 게 아니다
소가 한 번 움직일 때마다
차는 불안스레 뒤뚱거린다
차가 불안하다면 소 역시 불안할까
그러나 그게 전부는 아니다
소는 다 알고 있다
지금 가는 이 길이 어떤 길이라는 걸
소는 그래도 두 다리에 힘을 주며
균형을 잡아낸다
살아온 날들이 균형이었다면
죽음도 균형이라는 걸
쉽게는 이 균형을 놓칠 수 없다는 걸
그것이
마지막에 대한 예의라는 걸
그래서
다시 한 번
소는 뒷다리에 힘을 준다
마지막 균형을 잡는다

사랑 앞에서는 내가 졌다

개밥을 주는데
처음은 사료만 주었다
그 사료 잘 안 먹길래
닭고기를 사다 삶아주고
그 또한 금방 싫증 느끼기에
이번에는
훈제 고기를 사다 밥에 비벼주었다
그것도 잠시
또
색다른 무언가를 필요로 하였다
처음엔 그 모습 괜시리 미워
사료만 주고 나가기도 했지만
밥 안 먹는 걸 보니
차마 내가 이길 수 없겠다 싶다
내가 졌다
그리고 그들이 제일 잘 먹는 거로
돌아가기로 하였다

졌다
사랑 앞에선 내가
졌다

희생(犧牲)

뚝지가 나가지 않는다
수놈 뚝지가 그리 구애해도
뚝지는 나가지 않는다
이미 그는 누군가에게 상처를 입었고
그의 옆에는 새끼들이 있다
그는 안다
곧
피 냄새 맡은
포식자들이 온다는 것을
나에게는 아직 할 일이 남았고
이 어린 새끼들은 살아야 하리라
뚝지는 수놈 뚝지를 달랜다
우리 모두 다 살 순 없다
포식자들은 누군가를 원하리라
뚝지는 더욱 깊이
새끼들을 감싼다
그리고
수놈 뚝지 옆으로 꼬리를 튼다
포식자들이 오고 있다
내가 죽으면 새끼들은 살리라
뚝지는 다시 한 번

수놈 뚝지를 달랜다
미안하다
우리 모두가 살 순 없다
한 파동이 일고
한 생명이 살았다

나도 팔자에 없는 아비 되려나

임신한
산고양이가
자주
나를 찾는다
먹을 걸 주기 때문이다
곧
해산할 날이 멀지 않았는지
배가 많이 불렀다
그래서
허기가 더 자주 오는 모양이다
며칠 후
저 고양이 해산하리라
하루는
갓 태어난
어린 고양이들이
아빠는, 아빠는 묻는데
고개 돌려
이쪽을 우두커니 바라볼지
모를 일이다

잡어

우리는
잡어
이 바다의
잡어
어부들은 그렇게 알고 있다

우리는
저마다의 이름이 없다
한때 있었겠지만
중요함을 잃었다

우리가
존재하는 것은
이 바다에 사는
유일한 이유

그물에 걸린 고기가
이유도 없이
다시 바다로 던져진다면
그만큼
섭섭한 일은 없었다

그래서
우리들은
하나하나 이름을 갖기보다는
꼭
필요한 무엇이 되기만을 바랐다

그러다 보니
하나 하나에서
전체가 되고
우리가 되고
꼭 필요한 무엇 되기로 약속하였다

그냥
사라지기보다는
우리는
전체로 살고 전체로 사라지기를
굳게 마음먹었다

어부들도
어느 때부터는

우리의 마음을 읽었는지
잡은 고기를 굳이 놓지 않았다

하나가 되니 쓸 만해졌고
쓰임새 적잖이 있으니
어부들은
우리에게 이름 하나 붙여주기로 작정하였다

우리는 그렇게
이 바다에서 살아남았다
자기라는 이름을 잃고
새로운 이름 하나 얻었다

우리는
잡어
어부들은 그렇게 불러주었다

저마다
한 세상 놓고
잡어라는 고기로
세상에 다시 오게 되었다

새벽달

모든 짐승은
죽음을 보이지 않는다

죽음의 뒷모습을
보이지 않는다

죽음에 이르면
그는 떠나야함을 안다

죽음의 뒷모습을 보인다는 건
떠나는 자의 예가 아니다

그는 최선을 다해 살아 왔고
이제 쉴 때가 온 것을 예감한다

남은 자에게 쉼을 얘기한다는 건
또한 예가 아니다

그래서
모든 존재는 떠날 때 새벽에 떠난다

남은 자들이 가장 깊이 잠들었을 때
그때 떠난다

아무도
그의 뒷모습을 보지 못했다

하늘엔
아직 새벽달만이 휘영청
그의 마지막 길을
재촉한다

앙숙

고양이와 개들은 앙숙이다
그 역사는 의외로 깊다
만나면 으르렁거린다
그런데 이상한 일이다
서로 으르렁거리지만
개는 꼬리를 흔들며 으르렁댄다
경계 안에 있는 자
경계 밖에 있는 자
처지는 무척 달라도
서로는 무언가 그리운 것이다
경계를 넘어간 자
그리고 남은 자
그 세상은 애절한 게다
못 넘은 자는 그의 자유가 그립고
넘은 자는 그의 편안함이 부러운 것이다
사는 세상은 이리 달라도
만나면 서로 궁금한 것이다
그래서 비록 으르렁대도
어떤 얘기 나누고 싶은 거다
모두 다 가질 수는 없다는 걸 알기에
서로가 애절한 것이다

앙숙은 원래 없다
그저 부족한 부분이 섭섭한 것이다
그저 다정한 것이다

간지럽다

우리 집
개들이
장난삼아
내 키우던 식물 하나를
해쳤네

물어뜯고
발로 막 파헤치니
온전할 수 있으리요

개들이
마구 해칠 때
그 식물
낄낄
웃었네

간지럽다
간지럽다 그러며
웃었네

다

잃고도

그

간지러움이 남았는지

밤새

그 개 보며

낄낄

웃었네

아프면 소리를 낸다

아프면 소리를 낸다
무슨 소리라도 낸다
차가 아프면
삐걱대는 소리를 내고
짐승들이 아프면
밤새 괴성을 지르고
사람들은 신음 소리를 낸다
우리는 그 소리를 들었다
삐걱이는 소리를 분명 들었고
누군가의 신음 소리를 들었다
우리는 듣고도 모른 체하였고
괜찮아지겠지 그냥 넘기기도 하였다
심지어 무시하기도 하였다
그렇게 한참을 잘 달리던 차는 서 버리고
짐승들은 돌아오지 않고
사람들은 무시로 그의 곁을 떠나갔다
그날 밤
그는 누구도 아닌 그의 울음소리를 들었다
밤새 그의 울음소리를
그가 들었다
그러나 이미 차는 서 버리고

짐승들은 돌아오지 않고
이제
그 소리 들을 사람은 어디에도 없었다

아프면 소리를 낸다
우리는 그 소리를 들었다
밤새
혼자 울고
혼자 들었다

혀

개의 혀는
전부를 한다
밥을 먹고
물을 핥고
주인 손등을 핥고
제 몸을 핥는다
하나의 혀가
수만 가지의 일을 하니
그 기능 발달하지 않을 수 없다
어찌 그 일을 여가로 하겠는가
곤궁하니
하나가 완성된 것이다
많은 재주는 결국
자기 함정에 빠지기 마련
부족하고 곤궁하니
섬세해지고
깊어지는 것이다
하나의 혀가 궁극이 된 것이다
우린 재주가 너무 많다
그러나
그 어느 것도 저 개의 혀처럼

제대로 써 보고 가는 경우는 드물다
그래서 개는
주어진 전부를 포기하고
혀 하나로
만족하기로 하였다
닳고 닳을 때까지
다 써 보기로 하였다
그리고 그는 죽을 때
눈을 먼저 감는 것이 아니라
혀를 제일 먼저 입 밖으로 내어 놓았다
다 썼으니
붙잡고 있을 이유가 전혀 없었다

꼬리뼈

우리도
저 개처럼 꼬리를 흔들 수 있다면
좋으면 좋은 그대로
꼬리를 마구 흔들 수 있었으면
꼬리가 사라진 이유
그건
있는 그대로를 받아들이기 인색하기 때문이지
조금 좋다고 꼬리를 흔들면
누군들 핀잔하지 않을까
사랑도 이와 크게 다르지 않을 걸
있는 그대로를 사랑하지 않으니
꼬리 있는 게 얼마나 불편할까
좋으면 괜시리 실룩대는 꼬리가 얼마나 불편할까
사람들은 그렇게
무거운 사람으로 변해 갔겠지
온갖 사념에 시달리게 되었겠지
그렇게 사람들에게 쫓기고 쫓기다
결국 꼬리는 갈 바 잃고
흔적만 남게 되었지
점점 머리가 꼬리를 대신해 갔지
꼬리뼈만 앙상히 남은 어느 시절

사람들은 무릎을 탁 치며
왜 그 시절
사랑 앞에 좋다고 마냥 좋다고
저 개처럼 꼬리를 마구 흔들지 않았을까, 라고

고라니 다리 하나

자네가 잃어버린
다리 하나
우리 개가 물고 있다네

섭섭타 마시게

자네의 남은 다리 하나
뿔 하나
모두 누가 잘 간수하고 있다네

때가 오면 찾아오시게
다 돌려줄 것이니

애석타 마시게
그대 영혼

그대가 잃어버린 모든 것
잘 보관하였다가
다 돌려줄 것이니

| 해설 |

삶과 존재에 대한 진솔한 성찰
―김중호의 시세계

이진엽(시인, 문학평론가)

1. 시인의 심폐공간 속으로

시가 언어예술의 정수精髓라는 명제는 시가 지닌 미학적 한 특권이다. 시는 시인에 의해 수없이 절차탁마된 언어를 통해 내적 사유의 세계를 함축성 있게 드러낸다. 특히 다양한 이미지로 직조된 비유와 상징은 시인만이 보일 수 있는 언어의 세공력이란 점에서 더욱 그러하다. 하지만 시의 이 같은 장르적 특성은 자칫 시 창작에 있어서 균형감을 잃어버릴 위험도 드러낸다. 왜냐하면 시가 자유분방한 언어 예술이라 하여 시인들이 형태적 표현 기법이나 델리커시한 이미지 창출에만 경도된 나머지, 시가 품어야 할 사유의 깊이를 간과할 수 있기 때문이다. 문질빈빈文質彬彬이란 말처럼 시에서 형식과 내용이 함께 조화와 균형을 이루어야 깊은 감동을 이끌어낼 수 있다. 즉 시라는 항아리 속에 예술성과 생의 철학이 함께 융합되고 발효되어야 그윽한 문향文香을 피워 올릴 수 있는 것이다.

최근 우리 주변에서 마주치는 시편들을 일별해보면 시적 형상화의 부실함은 물론, 사유의 깊이가 빈약하거나 언어유희의 유혹에 빠진 시들이 자주 목격된다. 시인들의 급속한 외적 팽창으로 정제되지 않은 시들이 마구 쏟아지는 데 그 원인이 있겠지만, 이런 부류의 시들이 향후 한국 현대시의 목록에서 어떤 자리매김을 받을지 의문이 가지 않을 수 없다.

이 같은 시적 기류 속에서 김중호의 첫 시집『이별할 때 손을 흔드는 이유』를 펼쳐보게 됨은 의미 있는 일로 느껴진다. 이번에 선보이는 그의 시편들은 언어예술로서 시가 갖추어야 할 외장外裝과 삶에 대한 내적 성찰을 조화시키려는 모습이 보여 신뢰감을 준다. 특히 다양한 식물 심상이나 자연 심상을 통해 상생相生과 생명애, 인연과 비움, 삶과 죽음, 자연의 섭리 등을 진지하게 사유하고 있는 점은 주목된다. 이런 경향은 이즈음의 우리 시에서 빈약해진 생의 철학을 반추하게 해주며, 시의 심폐공간을 더욱 깊고 넓게 확장해 줄 수 있다는 기대감으로 읽혀진다. 이제 이 시인이 펼쳐 보이는 시세계로 잠시 발을 내딛어 보기로 하자.

2. 상생과 공존, 생명 사랑과 선한 의지

모든 생명체는 약육강식의 본능 속에서 살아간다. 특히 물신숭배라는 페티시즘이 만연해 있는 이 시대에는 '나'의 소유욕과 탐욕을 위해 타자의 생명마저 압살하려는 경향이 갈수록 농후해지고 있다. 그러므로 이 시대에 긴절히 요구되는 것이 동존同存의 가치관이다. 김중호 시인의 시집 첫 페이지에는 이 '상생'과 연관된 시가 먼저 눈길을 끈다.

새들이
개울가

목을 축이다

곧

무리지어

그 자리를 파하지

다음 새가

오기 때문이지

…(중략)…

머무름은

늘

잠깐이어야 함을 아는 것이지

다음 새가

오고 있기 때문이지

「다음 새가 오기 때문이지」 부분

　'새'를 중심 제재로 하고 있는 이 시는 상생과 공존의 중요한 가치를 새삼 떠올리게 한다. 여기서 새는 이기심과 욕망으로 오염된 세인世人들과 대비되어 무욕과 순수의 아름다운 삶을 되새겨준다. 새들이 "개울가 / 목을 축이다 // 곧 / 무리지어 / 그 자리를 / 파하"는 이유는 '다음 새'를 위해서다. 한 무리의 새가 '개울가'를 오래 점유하고 있으면 다른 새들의 생존을 위협할 수 있다. 그래서 새들은 "머무름은 / 늘 / 잠깐이어야 함"을 알고 다음 새를 위해 기꺼이 자리를 양보해 준다. 얼마나 감동적인 공존의 모습인가. 시인은 이러한 상생의 모습을 통해 삭막해진 현대 사회의 불모성不毛性을 정신적으로 초극하고자 한 것이다. 이런 태도는 다음 시에서도 여실히 드러난다.

방 안에 식물과 함께 있다 보면

이 겨울

하루살이도 본다

새끼 거미도 보고

한때

파리도 보았다

이 겨울에 말이다

…(중략)…

그들은

함께 살고 있는 것이다

함께 정을 나누며 이 겨울 나고 있는 것이다

거미가 없는 꽃

날파리들이 날아다니지 않는 숲

이 방 안에서도

어김없이 우주가 펼쳐진다

그들은 공생 중이다

누구 속에서 기생하는 게 아니다

그들은 늘 서로를 본다

「기생과 공생」 부분

식물적 심상과 동물적 심상이 함께 등장하는 이 시에는 공생을 통한 우주적 대화합의 세계가 인상 깊게 펼쳐지고 있다. 방안의 '식물'과 '하루살이·새끼 거미·파리'는 서로 생존을 위해 반목하지 않고 "함께 정을 나누며 이 겨울 나고 있"다. 이들은 모두 지상의 살아 숨 쉬는 존재들을 대유代喩하고 있다. 그러므로 이들의 화합은 "어김없이 우주가 펼쳐"지는 것처럼 장엄하다. 그들은 모두 "누구 속에서 기생하는 게 아니"라, 마치 인다라망因陀羅網(고대 인도 신화)의 그물코에 달린 구슬들같이 상대를 비춰주듯 "늘 서로를 본다". 그래서 "뚜껑을 잃으면 / 그는 살기 어렵다"(「유성펜과 뚜껑」)는 말처럼 인생은 '펜'과 '뚜껑'의 상호관계가 되어 '나'와 타자가 차별 없이 공존의 삶을 이루어가야 하는 것이다.

이런 상생의 가치관은 따뜻한 '생명 사랑'의 마음이 시인의 내면에 근원적으로 작용하고 있기 때문이다.

① 꽃시장에 갔다 누가 흘린 꽃을 보았네
　수많은 사람들이 꽃을 품고 가지만
　자기 꽃만 볼 뿐
　이 바닥에 떨어진 꽃을 본 이 몇일까
　이미 밟히기도 몇 번 상당히 훼손되었지만
　나를 보고 반가웠는지 방긋 웃어주네
　내 얼른 더 상하기 전에
　그를 가슴에 품고 꽃시장을 나오네
　예쁜 꽃 고운 꽃
　비록 많다 하지만
　이리 다친 꽃도 있다네

비록 살지 못 살지 모르지만

나에게로 왔으니 정성껏 가꾸어 볼밖에

「보름」 부분

② 꿩 농장에

꿩은 없다

당신만이 유일하다

우리를 벗어나

몇 마리 꿩은 놀고 있지만

옛날의 서늘한 추억일 뿐

예전의 손님이 찾아오면

당신은 어느 순간

꿩 대신 당신을 요리한다

그럴수록

손님들은 더욱 그 맛이 좋다며 찾아들고

당신의 육신은 점점 핏기를 잃어간다

당신은 결국 없어진다

「꿩 농장에 꿩은 없다」 부분

①의 시에서 보듯 시인은 '꽃시장'에 갔다가 누군가 흘리고 간 "바닥에 떨어진 꽃"을 발견하면서 강한 생명애를 느낀다. 이 방기된 꽃은 "이미 밟히기도 몇 번 / 상당히 훼손되었지만" 시인은 "나를 보고 반가웠는지 방긋 웃어"주는 그 꽃을 통해 물아일체의 감정에 사로잡힌다. 길바닥에 방치된 꽃, 그것은 '예쁜 꽃'이나 '고운 꽃'에 비해 타자로부터 버림받고 상처받은 '다친 꽃'이자

소외된 존재이다. 시인은 이 사소한 외물에까지 측은지심을 발하면서 "내 얼른 더 상하기 전에 / 그를 가슴에 품고 꽃시장을 나"온다. 그러고는 "나에게로 왔으니 정성껏 가꾸어 볼밖에"라고 하며 생명의 소중함을 깊이 각인시킨다.

②의 시 역시 '꿩'을 대상으로 하여 생명의 소중함에 대한 메시지를 설득력 있게 전해주고 있다. "꿩 농장에 / 꿩은 없다"라는 역설적 표현으로 시작되는 이 시에는 생명 파괴에 대한 부정적 의식을 은연중 시니컬하게 내비치고 있다. 인간의 식도락을 위해 마구 도살되는 꿩은 약육강식의 야수적 정황을 드러낸 것이다. 하지만 꿩에 대한 무자비한 살육은 결국 '나' 자신에 대한 죽임과 다르지 않다. 그것을 시인은 "당신은 어느 순간 / 꿩 대신 당신을 요리한다"라고 하며 꿩과 인간의 치환을 통해 깨우쳐주고 있다. 그러므로 사람들이 꿩 요리를 즐길수록 그것은 꿩을 맛보는 것이 아니라, "당신의 육신은 / 점점 핏기를 잃어간다 / 당신은 결국 없어진다"에서 보듯 인간의 본성을 죽여 가는 일이다. 이런 생명 사랑은 "임신한 / 산고양이가 / 자주 / 나를 찾는다 / 먹을 걸 주기 때문이다"(「나도 팔자에 없는 아비 되려나」), "포식자들은 누군가를 원하리라 / 뚝지는 더욱 깊이 / 새끼들을 감싼다"(「희생」) 등에서도 지속되는데, 이것은 시인의 무의식 속에 내재된 선한 의지가 작용한 것으로 믿어진다.

3. 인연의 소중함, 비움의 시학

김중호 시인의 이번 시집에는 전체적으로 불교적 사유가 은은히 묻어나는 시들이 많이 발견된다. 특히 인연과 비움, 무집착 등에 대한 명상과 성찰은 그의 시 한 축을 의미심장하게 떠받쳐 주고 있다. 다행스러운 것은 이런 경향의 시들이 종교적, 관념적 색채를 과도하게 노출시키지 않고 식물 심상 혹은 자연 심상을 통해 형상화됨으로써 시 본래의 예술성을 잃지 않고 있다는 점이다. 이 '인연'에 대한 성찰은 다음 시에서 아주 잘 드러난다.

어떤 나무를 시켰는데
원하는 나무는 오지 않고 다른 나무 왔더라
그 이유인 즉슨 내가 뭘 잘못 눌렀더라
인연이란 묘한 것
원하는 것 오질 않았으니
바로 내칠 수도 있겠지만
그것이 바로 인연의 비밀인 걸
내가 원하는 것은
누군가에게 가서 인연이 되고
내 인연 아닌 것은 나를 찾아오고
그 비밀이 어찌 한 순간 실수일까
그는 아마도 오랜 역사를 품고 찾아 왔으리
우연을 빙자해
필연으로 왔으리
어쩌겠나
그 세월이 깊다면
맞이하고 소중히 할밖에

「우연과 필연」 부분

인용 시는 '나무'라는 매개체를 통해 인연의 필연적 관계와 그 소중함을 잘 드러내고 있다. 시인은 저자상거래를 한 듯, 한 순간 잘못 터치한 실수로 원하던 나무가 아니라 "나른 나무"를 배달받게 된다. 하지만 시인은 이 상황을 결코 부정적으로 받아들이지 않고 오히려 그것이 "인연의 비밀"이라고 생각한다. 그는 "내가 원하는 것은 누군가에게 가서 인연이 되고 / 내 인연 아닌 것은 / 나를 찾아"와 새로운 인연이 맺어지므로 "어찌 한 순간 실수일까"라고 반문한다. 시인의 생각에는 "우연을 빙자해 / 필연으로" 찾아온 그 뜻밖의 인연은 이미 운명적으로 "오랜 역사를 품고 찾아"온 것이다. 그러므로 그런 인연은 "맞이하고 소중히 할" 연생緣生으로 느껴질 수밖에 없다.

이 인연은 시인의 다른 시, "한 인연 오래 가려면 / 누군가는 한량없이 그 인연 따라 가야하는 것을"(「낡은 외투」), "아직 / 우리에게는 / 인연의 끈이 / 남아 있다"(「가위」) 등에서도 잘 포착된다. 일체의 삼라만상은 업력이 발동하여 인因이 되거나 연緣이 되어 시시각각 현상계를 이루면서 명멸해간다. 따라서 시인에게는 이 세계가 한 개아個我의 아집이 아니라 다양한 인자들이 서로 순환 고리처럼 운명적으로 연결되어 있는 다차원적 통로와 같이 느껴지는 것이다.

한편, 불교적 사유의 한 연장선에서 '비움' 혹은 '무집착'에 대한 성찰도 주목된다.

① 죽어가는 나무가
　무얼 남기는 건
　나름 좋은 일이겠지
　그가 살던 집

그가 한때 놀던 집

그대로 다 두고 가면

정말 좋은 일이지

전부를 두고 가니

그 마음 무슨 미련 있을까

…(중략)…

빈 화분은 그래서

좋은 일만 앞으로 남았지

누가 와도 좋은 세상일 테지

사랑은 그래서

텅 빈 자리라고 그랬나

「빈 화분」 부분

② 사람들은

이별에 즈음하여

빈손으로

손을 마구 흔들어준다

한 깨달음이

왔기 때문이다

얻으려고

붙잡으려고 하면 할수록

도리어

빈손이 되어간다는 것을

「이별할 때 손을 흔드는 이유」 부분

'죽어가는 나무'와 '빈 화분'을 주요 대상으로 하는 ①의 시는 '비움'의 의미와 그 가치를 일깨워 주고 있다. 시인은 수명을 다해 죽어가는 나무가 "그가 살던 집 / 그가 한때 놀던 집 / 그대로 다 두고 가면 / 정말 좋은 일이지"라고 하며 비움과 무집착의 의미를 강조하고 있다. '도를 들은 사람은 날마다 덜어낸다聞道者日損'는 노자의 말처럼 삶은 욕망으로 자꾸 채워가는 것이 아니라 그것을 날마다 덜어낼 때 아름답게 빛난다. 그 비움의 자리는 "누가 와도 좋은 세상"마냥 이기심이 아니라 이타심으로 채워지는 자리이다. 이 빈 자리를 남길 줄 아는 죽어가는 나무처럼 이 세상 역시 무위無爲와 상선上善의 빈 공간이 필요하며, 시인은 이 소망을 "사랑은 그래서 / 텅 빈 자리라고 그랬나"라며 토로하고 있다.

비움은 무집착의 삶의 태도를 보여주는 ②의 시로도 변주된다. 사람들이 잠시 만났다 헤어질 때 악수를 하거나 손을 흔들 때의 모습을 통해 이 시는 집착의 허망함을 깨닫게 해준다. 사람들은 이별을 할 때 서로 손을 잡고 악수를 하지만 그것도 순간의 집착일 뿐이다. '나'는 영원히 사랑하는 대상을 붙잡을 수 없으므로 이 악수도 무상한 것이다. 그래서 사람들이 "이별에 즈음하여 / 빈손으로 / 손을 마구 흔들어"주는 것은 "얻으려고 / 붙잡으려고 하면 할수록 / 도리어 / 빈손이 되어간다는 것을" 잘 알기 때문이다. 이 비움과 무집착은 "나는 허상을 두지 않으련다 / 밥그릇 하나면 족하다"(「그릇 명상」)에서 보듯 무소유의 행복을 깨닫는 일이다. 제행무상諸行無常이라 하듯이 모든 것은 실체의 그림자 즉 현상의 한 파동에 불과하다. 그럼에도 불구하고 사람들이 그 가유假有를 실유實有로 착각하고 끝없이 소유하려는 욕망에 대해 시인은 경각성을 일깨워주고 있다.

4. 자연의 이법, 삶과 죽음의 메타포

자연은 스스로의 법칙에 따라 자생자화自生自化를 반복한다. 이 자연은 삼라만상의 도처에 편재하여 무한한 생기를 살아있는 모든 존재에게 주입한다. 먼동이 트고 자연이 깨어나면 충만한 정기가 생성한다는 횔덜린(1770~1843)의 말처럼, 자연은 매 순간 순환을 거듭하면서 시인의 영혼에도 끝없이 빛과 생명력을 흡입시킨다. 이 생명력은 닫힘이 아니라 열림이며 부단히 명멸을 거듭하는 자연이 자신의 잠재된 본성을 개현開顯하려는 역동성이기도 하다. 이 같은 '자연의 이법'에 대한 성찰은 이번 시집에서도 여러 곳에서 마주치게 된다.

작년에 그렇게 살았던

창포가

겨우내 살더니

봄이 오니

그 옆으로 어린 창포

연하게 올라오더라

겨울 내내 살았던 창포는

그때서야

그 역할 다했는지

말라가더라

아

그는 한 어린 생명 살리기 위해

　　이 겨울 내내 살았더라

　　삶과 죽음이

　　자리를 바꾸는 순간

　　삼월이 있는 이유를

　　알겠더라

「삼월」 전문

　겨울과 봄의 교체기를 배경으로 하고 있는 이 시에는 자연의 순환과 그 내포적 의미가 잘 나타나 있다. 이 순환의 주인공은 바로 '창포'이다. 겨우내 힘든 환경 속에서도 생명력을 유지해오던 창포는 봄이 도래하자 "그 옆으로 어린 창포 / 연하게 올라오"는 처지에 놓이게 된다. 그런데 다 자란 창포는 자신의 자리를 지키기 위해 고집부리지 않는다. '그'는 오히려 "그 역할 다했는지 / 말라가더라"에서 느껴지듯 새 생명을 위해 기꺼이 자신의 목숨을 버리는 살신성인의 자세를 취한다. '그'가 엄동의 처지에 존재한 이유도 "한 어린 생명 살리기 위해 / 이 겨울 내내 살았"던 것이다. 무심코 지나칠 수 있는 하나의 대상을 통해 "삶과 죽음이 / 자리를 바꾸는 순간"을 포착한 시인의 눈빛은 놀라움으로 흔들렸을 것이다.

　하지만 이런 자리 교체도 결국은 '삼월'이 왔기 때문에 가능하다. 그러므로 모든 생명체는 시간의 순환이라는 이법을 피할 수 없으며, 그 철리哲理에 안겨 변전變轉을 거듭한다. 이 같은 자연의 이법은 "우주는 스스로 죽고 스스로 생성한다"(「비료」), "모두 저마다의 순서가 있고 / 그 순서를 따라 예외 없이 가는 것이다"(「신호등 앞에 서면」) 등에서처럼 일체가 존재의 원환圓環 즉 둥근 고리를 따라 순환하는 것이다. 이것이 바로 살아 숨 쉬는 자들의 피할 수 없는 숙명이다.

자연의 순환에 대한 진지한 관심은 '삶과 죽음'에 대한 성찰로 심화되어간다,

어린 생명이
그 목숨 다해 가면
그 징후가 여실하다

먼저
고개를 떨군다

…(중략)…

사는 동안
고개 세우는 날들이 너무 많았다

이렇게 자연스레
고개 먼저 떨구고 마는 것을

그래
언제나
고개 떨구는 일을 연습하자

「고개를 떨구다」 부분

모든 살아있는 존재는 죽음을 피할 수 없다. 출생입사出生入死, 노자의 이 말처럼 산 자는 '밖'으로 나오고 죽는 자는 '안'으로 들어간다는 것은 자연 본래의 법칙이다. 이 시에서도 시인은 '어린 생명'이라는 한 개체가 소멸해가는 모습을 통해 삶의 소중한 가치를 유추해내고 있다. 이 어린 생명체는 목숨이 끊어지기 전 어떤 '징후'를 보인다. 그것은 "먼저 / 고개를 / 떨군다"는 사실이다. 이 현상을 통해 시인은 자신은 물론 세인들의 삶에 대한 성찰에 이른다. 온갖 욕망과 아집에 사로잡혔던 지난 삶, 그것은 바로 "사는 동안 / 고개 세우는 날들이 / 너무 많았다"라는 고백에서 암시되듯 깊이 반성해야 할 것들이다. 그래서 시인은 영원할 것 같은 인간의 탐욕도 결국은 "자연스레 / 고개 먼저 / 떨구고 마는 것"처럼 소멸의 블랙홀로 빨려들고 만다는 사실을 예감한다.

새 생명이 시간 밖으로 나올 때, 죽는 자는 시간의 안쪽, 저 영원한 적멸寂滅의 세계로 들어가야 한다. 그러므로 시인은 "그래 / 언제나 / 고개 떨구는 일을 연습하자"라고 하며 자연의 섭리에 순응해야 함을 강조한다. 이 순응은 역설적으로 자유를 안겨준다. 왜냐하면 "어떤 죽음은 이처럼 / 어떤 자유를 줍니다"(「석부작」)에서 감지되듯 인간이 자연의 이법에 모든 것을 맡길 때 오히려 참된 자유와 존재론적 해방을 느낄 수 있기 때문이다. 삶과 죽음에 대한 이러한 성찰은

생가지를 잘라

화분에 꽂는다

그 며칠 후 가 보면

사는 놈

못 사는 놈

드러난다

못 사는 놈은 고개를 숙였다

똑같은 조건 속이지만

삶과 죽음은 여실하다

삶과 죽음은 다른 인과가 아니다

그것은

무릇 인연이다

이번이 아니라면

죽음도 괜찮은 것

삶이 인연이라면 죽음도 큰 인연이다

「삽목」 부분

　와 같이 인연을 통해서도 잘 드러난다. 시인은 "생가지를 잘
라 / 화분에 꽂"으며 '사는 놈'과 '못 사는 놈'의 처지를 바라본
다. 이때 그는 이 생가지가 "똑같은 조건 속"에서도 삶과 죽음의
운명을 달리 하게 된다는 것을 알게 된다. 하지만 이 생사의 처지
가 서로 대척점에 있지 않는, "다른 인과가 아니다"라는 것을 깨
닫는다. 영원한 시간 속에도 생로병사의 자연 법칙은 끝없이 순
환하므로 시인은 삶도 죽음도 모두 '큰 인연'이라는 깨우침에 도

달한다. 그리하여 "마지막은 이처럼 단순한 것 / 마지막은 결국 / 다 만나는 것"(「어물선」)이며, 삶과 죽음은 궁극적으로 하나의 품에 안긴다는 진리를 시인은 통각統覺한다.

사실 삶과 죽음은 단절된 것이 아니라, 서로 빛과 어둠의 꼬리를 물고 고리처럼 맴돌고 있는 것인지도 모른다. 그러므로 죽음은 애통한 것이 아니라 "괜찮은 것"이며, 그것은 시인에게 삶과 인연의 끈으로 연결되어 있는 메타포의 방식으로 느껴진다. 이처럼 하나의 일상적 '삽목' 행위를 통해서 시인은 존재의 근원을 명상하며 성찰하고 있다.

5. 균형과 융화, 삶의 긍정과 희망

'중심'은 이 세상의 모든 생명체들이 삶을 유지해 가는 데 필요한 중요한 생존의 축이다. 이 중심을 잃게 되면 균형에서 일탈하여 생존의 위협을 받게 됨은 물론, 타자와의 관계에서도 심각한 갈등을 빚게 된다. 최근 우리 사회에서 빚어지는 온갖 대립과 충돌 역시 이 중심의 상실과 깊은 연관을 맺고 있다. 이 중심은 어느 한쪽에 치우치지 않고 다른 한쪽을 인정할 때 바로잡힌다. 즉 일극一極만을 생각하는 것이 아니라 양극兩極을 함께 사유할 때 올바른 중도의 세계가 체득되는 것이다. 그래서 이 현상 세계를 서로 상치된 관계로 생각하여 절대적 실재의 세계로 오해할 때 인간은 중심을 잃고 독선에 빠지게 된다. 이 '중심'과 '균형'의 문제를 김중호 시인도 이번 시집에서 진지한 태도로 성찰하고 있다.

어느 신새벽

저기 소 한 마리를 싣고 가는 1톤 차를 보면

여간 불안한 게 아니다

소가 한 번 움직일 때마다

차는 불안스레 뒤뚱거린다

차가 불안하다면 소 역시 불안할까

그러나 그게 전부는 아니다

소는 다 알고 있다

지금 가는 이 길이 어떤 길이라는 걸

소는 그래도 두 다리에 힘을 주며

균형을 잡아낸다

살아온 날들이 균형이었다면

죽음도 균형이라는 걸

쉽게는 이 균형을 놓칠 수 없다는 걸

「균형을 잡다」 부분

트럭에 실려 도수장으로 끌려가는 '소' 한 마리를 통해 이 시는 중심 혹은 균형의 의미를 되짚어본다. 먼동이 트기 전 "어느 신새벽" 소 한 마리를 실은 트럭 안은 온통 '불안'의 기운이 팽배하다. 이 "소가 한 번 움직일 때마다 / 차는 불안스레 뒤뚱거린다 / 차가 불안하다면 소 역시 불안할까"라는 정황 설명은 중심이 잡히지 않는 위험한 상태를 여실히 드러낸다.

하지만 이 시에서는 "그러나 그게 전부는 아니다"라는 언표에서 반전이 일어난다. 소는 비록 자신의 죽음을 예감하고 있지만 그 죽음의 공포 쪽으로 휩쓸리지 않고 "그래도 두 다리에 힘을 주며 / 균형을 잡아"내고 있다. 삶에는 죽음이 동반되어야 새의

날갯짓처럼 좌우 균형이 맞는 것일까. 소는 "살아온 날들이 균형이었다면 / 죽음도 균형이라는 걸 / 쉽게는 이 균형을 놓칠 수 없다는 걸" 깊이 깨닫는다. 심우도尋牛圖를 보건대 이 소는 인간의 자아와도 밀접한 연관을 맺고 있다. 그러므로 소는 인간을 대유하는 함의를 지닌다. 그렇게 본다면 이 시는 결국 도수장으로 끌려가는 소의 심리를 통해 중도의 가치관으로 죽음의 불안을 초극하려는 인간 심리를 적절히 제시하는 것으로 이해될 수 있다.

양극 사이에서 중심을 잃지 않으려고 하는 이 같은 균형 잡기는 '융화'의 의미로 전이되기도 한다.

고양이와 개들은 앙숙이다

그 역사는 의외로 깊다

만나면 으르렁거린다

그런데 이상한 일이다

서로 으르렁거리지만

개는 꼬리를 흔들며 으르렁댄다

경계 안에 있는 자

경계 밖에 있는 자

처지는 무척 달라도

서로는 무언가 그리운 것이다

…(중략)…

앙숙은 원래 없다

그저 부족한 부분이 섭섭한 것이다

그저 다정한 것이다

「앙숙」 부분

이 시에는 '고양이'와 '개'의 '앙숙'관계를 조화와 융화의 관계로 새롭게 인식하려는 태도가 잘 엿보인다. 고양이와 개는 생래적으로 감정의 표현이 다르고 그에 따른 행동도 뚜렷한 차이를 보인다. 이를테면 개는 기분이 좋을 때 꼬리를 치켜세우고 좌우로 흔들지만, 고양이는 화가 날 때 꼬리를 외려 치켜세운다는 점이 그것이다. 그렇지만 인용 시에서 보듯 고양이 앞에서 "개는 꼬리를 흔들며 으르렁"거리는 것으로 보아 "처지는 무척 달라도 / 서로는 무언가 그리운 것"이 있다는 사실을 시인은 간파한다. 이들은 비록 '경계'의 안팎에 처해 대립하는 것처럼 보이지만, 실제로는 그 경계 너머의 존재와 세계를 그리워하고 있다.

그러므로 이들의 대립은 극한 충돌이나 단절이 아니라 회통會通으로 이어진다. 타자와 대립되는 '나'의 성향은 역설적으로 서로의 부족한 곳을 채워줄 수 있는 그리움의 대상인 것이다. 그 까닭에 시인은 고양이와 개의 불편한 관계에 대해 "앙숙은 원래 없다…그저 다정한 것이다"라고 결론짓는다. 이런 화합의 정신은 "개들이 / 마구 해칠 때 / 그 식물 / 낄낄 / 웃었네"(「간지럽다」), "조금은 뜨겁다 싫어도 꿀꺽 삼키면 / 그만인 걸 / 거기에 무슨 시비가 있을까"(「순두부」) 등에서도 쉽게 확인된다. 상극의 처지에서도 이처럼 융화의 관계를 이끌어내는 시인의 태도는 갈등과 충돌로 점철된 현대 사회에 공존동생共存同生의 의미를 되새겨주고 있다.

이러한 시인의 가치관은 결국 세상을 '긍정적 시각'으로 바라보려는 태도로 귀결된다.

주름을 걱정하랴

주름은 당연하다

입는 순간 주름이 생긴다

주름을 두려워하랴

생기는 것이 주름이라면

따로 무얼 근심하랴

한때 모친께서 일러주셨다

주름은 다리면 그만이라고

생기는 것이 당연하다면

펴는 일도 당연한 것이다

근심은 근심을 부를 뿐

어떤 주름도 사라지게 마련

주름으로 멸망하는 이 없다네

차라리 근심으로 화를 자초할 뿐

주름을 걱정하랴

다리면 그만인 것을

「주름」 전문

인간의 한평생은 "땅 위에서 고역이요 품꾼의 나날과 같다"(욥기 7,2)라는 말처럼 근심과 불행이 떠나갈 날이 없다. 하지만 시인은 삶의 근심을 부정적으로 생각하지 않는다. 오히려 그는 "주름을 걱정하랴 / 주름은 당연하다"에서 읽혀지듯 '주름'으로 대유된 그 근심을 긍정적으로 받아들인다. 사람들 누구나 이 근심과 주름을 피할 수 없다. 옷을 착용하면 "입는 순간 주름이 생"기듯이 인간의 삶도 시작되는 그 순간부터 온갖 주름이 생기기 마련이다. 이 주름에 대해 시인은 "주름은 다리면 그만"이라는 어머니의 말을 상기하면서 정신적으로 초월하고자 한다.

인간이 근심의 강박증에 사로잡힐 때마다 "근심은 근심을 부를 뿐"이며, "근심으로 화를 자초할 뿐"임을 시인은 깨닫고 있다. 그래서 그는 "주름을 걱정하랴 / 다리면 그만인 것을"이라고 토로하며 삶의 긍정을 강조한다. 이 긍정은 "불행이 찾아들 적에 / 희망도 같이 온다"(「불행은 사소한 것이다」)라는 믿음처럼 삶에 대한 낙관적 인식과 상관한다. 이런 자세야말로 마음에서 부단히 일어나는 부정적 망상을 타파하고 본래의 청정한 자아를 회복하려는 시인의 의지로 믿어진다.

김중호 시인의 이 첫 시집은 이즈음의 시류에서 자주 목격되는 언어유희나 시의 상품화에 편승하려는 강박증이 보이지 않고 삶에 대한 진지한 사유가 돋보인다는 점에서 신뢰감을 준다. 그의 시는 식물 심상 또는 자연 심상을 통해 상생과 생명에 대한 사랑, 인연과 무집착, 자연의 이법과 순환, 삶과 죽음에 대해 깊이 있게 성찰하는 모습을 펼쳐 보인다. 특히 그의 시집에서 은연히 내비치는 불교적 사유는 균형과 융화의 세계를 시적 은유로 꿰어가면서 삶에 대한 긍정과 희망의 길을 열어 주고 있다. 이러한 시적 지향성이 갈등과 분열, 파괴적 타나토스의 힘에 사로잡힌 이 시대에 새삼 삶의 소중한 가치로 받아들여질 수 있기를 기원한다.

시인 김중호

1965년 대구에서 태어나 경북대학교를 졸업했다. 2021년『사이펀』신인상을 수상하면서 등단했다.

모악시인선 027

이별할 때 손을 흔드는 이유

1판 1쇄 찍은 날 2022년 7월 15일
1판 1쇄 펴낸 날 2022년 7월 22일

지은이 김중호
펴낸이 김완준

펴낸곳 모악

출판등록 2016년 1월 21일 제2016-000004호
주소 경북 예천군 호명면 강변로 258-52, 201호
전화 054-855-8601
이메일 moakbooks@daum.net

ISBN 979-11-88071-48-7 03810

값 10,000원